Johann Nestory

Aus Nestroy

Eine kleine Erinnerungsgabe mit einem biographischen Vorworte

Johann Nestory

Aus Nestroy
Eine kleine Erinnerungsgabe mit einem biographischen Vorworte

ISBN/EAN: 9783743609785

Hergestellt in Europa, USA, Kanada, Australien, Japan

Cover: Foto ©Raphael Reischuk / pixelio.de

Johann Nestory

Aus Nestroy

Johann Nestroy.

Aus Nestroy.

Eine kleine Erinnerungsgabe.

Mit einem biographischen Vorworte.

Dritte vermehrte Auflage.

Wien.
Verlag von L. Rosner.
1885.

Johann Nestroy (geb. zu Wien 7. December 1802, gest. zu Graz 25 Mai 1862, beerdigt am 2 Juni auf dem Währinger Friedhofe bei Wien) wurde von seinem Vater († 1831), einem Hof- und Gerichts-Advocaten, für dieselbe Laufbahn bestimmt, flüchtete jedoch, von einem unwiderstehlichen Drange zum Theater geleitet, von den langweiligen Pandekten und betrat, mit einer schönen Baßstimme ausgestattet, am 22. August 1822 die Wiener Opernbühne als „Sarastro" und gefiel.

Nachdem er sich hier mit Glück auch in der heroischen Oper („Richard Löwenherz", „Blaubart", „Mahomed" ⁊c.) versuchte, nahm er Ende 1823 ein Engagement bei der deutschen Oper in Amsterdam an, wo er zum erstenmale auch als Komiker in der Posse wirkte. Ein Jahr später sang er in Brünn den „Don Juan" (!), aber auch den „Klaus" in der „Falschen Catalani", ging nach Lemberg, dann nach Preßburg, und endlich 1826 nach Graz, wo er ausschließlich im komischen Fache beschäftigt wurde und mit Wenzel Scholz und Carl Rott zu den Lieblingen des Publicums zählte. 1828 gastirte er in Wien, und zwar vorzugsweise im Trauerspiele (!), so z. B. als „Lionel", „Burleigh" u. s. w , bis er 1831 im Josefstädter Theater als „Sansquartier" und „Adam" im „Dorfbarbier" erkannte, welches Genre das für ihn einzig erfolgreiche wäre.

Nun engagirte ihn (23. August 1831) Carl für sein Theater an der Wien, anfänglich mit einer Monats-Gage von 100 fl, an welcher Bühne er bis zum Frühjahre 1845, wo Carl in die Leopoldstadt übersiedelte, verblieb, um seine Wirksamkeit nun dem letztgenannten Theater als Schauspieler und Dichter zu widmen. Das Komiker-Trifolium „Carl-Scholz-Nestroy" wurde 1851 durch Treumann noch ergänzt und bildete diese Bühne mit solchen Kräften eine „europäische Merkwürdigkeit".

Im Juni 1854, in Folge einer Erkrankung Carl's, welcher dieser am 14. August zu Ischl erlag, wurde Nestroy inmitten seines Berliner Gastspieles nach Wien berufen, wo er zuerst provisorisch, und am 1. November 1854 definitiv die Leitung des Carl-Theaters übernahm, die er bis 31. October 1860 behielt, worauf er sich in's Privatleben zurückzog und abwechselnd in Graz oder Ischl, wo er sich ankaufte, domicilirte.

Während dieser sechs Jahre seiner Directionsführung, in welchen er an 1421 Abenden spielte und nebenbei in Triest ꝛc. Gastrollen gab, erlitt er einen herben Verlust durch den Tod seines vieljährigen Freundes und Collegen, des alten lieben Scholz († 6. October 1857), welcher Fall auf Nestroy mächtig wirkte.

Nachdem Treumann sein Quai-Theater erbaute, erschien Nestroy in Wien noch zweimal zu längeren Gastspielen (1. Februar bis 23. März 1861, und 4. December 1861 bis 4. März 1862), betrat in Graz am 29. April 1862 in einer Wohlthätigkeits-Vorstellung in der Posse „Umsonst" noch einmal die Bühne und schloß seine theatralische Laufbahn mit den Worten: „Alles umsonst!" Am 25. Mai traf ihn ein Nervenschlag, dem er nach längerem Todeskampfe, noch nicht volle 60 Jahre alt, erlag.

* * *

Nestroy schrieb über 60 Stücke. Die paar Bearbeitungen von Berliner und anderen Possen haben so sehr das Gepräge des „Nestroycismus" an sich, daß sie in ihrer neuen Gestalt wohl füglich als ungeschmälertes geistiges Eigenthum des Altmeisters der Satyre und kaustischen Persiflage gelten können. Wir führen sie der Reihe nach auf:

1827: (zu Graz) „Die Verbannung aus dem Zauberreiche, oder dreißig Jahre aus dem Leben eines Lumpen." (Mit Musik vom Schauspieler Karl Rott.)

1829: (zu Graz) „Der Tod am Hochzeitstage."

1832: (Wien) „Der gefühlvolle Kerkermeister, oder Adelheid, die verfolgte Wittib."

„ „Nagerl und Handschuh, oder die Schicksale der Familie Maxenpfutsch."

„ „Zamperl der Tagdieb" (auch „Zampa und die Gypsbraut").

„ „Staberl als confuser Zauberer."

„ „Die Zauberreise in die Ritterzeit."

1833: (in Gemeinschaft mit Frei) „Der Zauberer Februar."

„ (10. April) „Der böse Geist Lumpazivagabundus, oder das liederliche Kleeblatt" (übersetzt ins Englische, Französische, Italienische, Russische, Böhmische, Ungarische, und erlebte auch in Amerika zahllose volle Häuser).

„ „Robert der Teufel."

1834: „Der Zauberer Sulphurelektromagnetikophosphoratus, oder die Fee Wallburgisblocksbergiseptemtrionalis."

„ „Müller, Kohlenbrenner und Sesselträger"

„ „Die Familie Zwirn, Knieriem und Leim, oder der Weltuntergangstag." (2. Theil vom Lumpazi.)

„ „Die Gleichheit der Jahre" (mit Vorspiel: „Die Fahrt mit dem Dampfwagen").

1835: „Weder Lorbeerbaum noch Bettelstab."
„   „Eulenspiegel, oder Schabernak über Schabernak."
„   „Zu ebener Erde und im ersten Stock."
1836: „Die Ballnacht, oder der Faschingdienstag."
„   „Der Treulose, oder Saat und Ernte."
„   „Die beiden Nachtwandler, oder das Nothwendige und das Ueberflüssige."
„   „Affe und Bräutigam." (Für Klischnigg.)
1837: „Das Haus der Temperamente."
„   „Eine Wohnung ist zu vermiethen in der Stadt, eine Wohnung ist zu verlassen in der Vorstadt und eine Wohnung ist zu haben in Hietzing."
„   „Moppels Abenteuer." (Für Klischnigg.)
1838: „Glück, Mißbrauch und Rückkehr, oder die Geheimnisse des grauen Hauses."
„   „Der Kobold, oder Staberl im Feendienste."
„   „Gegen Thorheit gibt es kein Mittel." Lustiges Trauerspiel.
1839: „Die verhängnißvolle Faschingsnacht."
1840: „Der Färber und sein Zwillingsbruder."
„   „Der Erbschleicher."
„   „Der Talisman."
1841: „Das Mädel aus der Vorstadt."
„   „Rudolf, Prinz von Corsica, romantisches Schauspiel in 5 Acten."
1842: „Einen Jux will er sich machen."
„   „Ereignisse im Gasthause."
„   „Die Papiere des Teufels."
1843: „Quodlibet verschiedener Jahrhunderte."
„   „Nur Ruhe."
„   „Liebesgeschichten und Heiratssachen." (1847 umgearbeitet.)
„   „Die dramatischen Zimmerherren." Vorspiel.

1844: „Eisenbahnheiraten."
„ „Hinüber — herüber."
„ „Der Zerrissene."
1845: „Die beiden Herren Söhne."
„ „Das Gewürzkrämer-Kleeblatt."
„ „Unverhofft" (das letzte Stück Nestroy's für das Theater an der Wien).
1846: „Der Unbedeutende."
„ „Der fliegende Holländer."
1847: „Der Schützling."
„ „Judith und Holofernes."
„ „Die schlimmen Buben." (Zur Eröffnung des neuen Carl-Theaters am 10. December.)
1848: „Die Freiheit im Krähwinkel."
1849: „Der Tritsch-Tratsch."
„ „Lady und Schneider."
„ „Höllenangst."
1850: „Mein Freund."
„ „Die verwickelten Geschichten." (1858 umgearbeitet.)
1851 u. 1852: „Die lieben Anverwandten."
„Alles will den Propheten sehen."
„Theatergeschichten."
„Sie sollen ihn nicht haben."
1853: „Kampl."
1857: „Umsonst."
„ „Frühere Verhältnisse."
1858: „Der gebildete Hausknecht." (Nach Kalisch.)

Außerdem stellte Nestroy mehrere Quodlibets, wie: „Den unzusammenhängenden Zusammenhang," das „Caricaturen-Charivari", die „Zusammengestoppelte Komödie" ꝛc. ꝛc. zusammen und überarbeitete fast vollständig: „Die Vorlesung bei der Hausmeisterin", „Orpheus", „Tannhäuser", u. s. w.

In seinem Nachlasse befand sich schließlich eine bereits im Jahre 1858 geschriebene Posse: „**Hier werden Nähterinnen gesucht**", die aber Nestroy selbst als zu **lascio** bezeichnete und deshalb die Bestimmung traf, daß das Stück niemals aufgeführt werden dürfe. Ebenso verfügte er, daß von den noch ungedruckten Stücken (es sind ihrer über **fünfzig**!) keines mehr durch den Druck veröffentlicht werde.

* *

Eine vielleicht nur momentane, morose Laune des empfindlichen Mannes ist also Schuld, daß nur ein kärglich Dutzend all seiner Possen, wovon die meisten eine Fundgrube der frappantesten Geistesblitze und des witzigsten Sarkasmus bilden, dem Lesepublicum vorliegen. Unter den obwaltenden Verhältnissen ist auch kaum Aussicht, daß dem Verlangen der zahllosen Verehrer des localen Aristophanes Genüge geleistet werde, und selbst jene Possen Nestroy's, welche sich eines durchschlagenden Erfolges erfreuten, und heute noch, von der Bühne herab, von zündender Wirkung sind, ein lustiges Gemeingut Aller würden. Der Herausgeber dieses Büchleins ging deshalb von der kaum unrichtigen Voraussetzung aus, daß mindestens eine Auslese der markantesten Einfälle des originellen Satyrikers und parodistischen Philosophen nicht unwillkommen sein dürfte, und bietet im Nachstehenden eine Anthologie jener „geflügelten Worte" und vernichtenden Sentenzen, die in ihrer electrisirenden Pointirung Tausende und aber Tausende verblüfften oder lachen machten, wahrhafte „**salsa dicta**" — mit einem Worte:

„Etwas Nestroy".

Schon Seneca sagt: Zwischen eingeladen werden und eingeladen werden ist ein Unterschied, als wie zwischen Kuß und Ohrfeige. Die Art und Weise, wie man eingeladen wird, ist wirklich ein Zauberspruch, denn es werden oft dadurch Knödel in Ananas, aber auch oft Fasan' in Kudelfleck verwandelt.

* * *

Ich find', jede Beleuchtung is unangenehm. Wenn man Jemanden haßt, is man froh, wenn man ihn nicht sieht, wozu die Beleuchtung? — Wenn man Jemanden liebt, is man froh, wenn Einen d'andern Leut' nicht seh'n, wozu die Beleuchtung? — Die übrige gleichgiltige Welt nimmt sich im Halbdunkel noch am erträglichsten aus; wozu also die Beleuchtung? —

* * *

Wenn sie wüßten, was das für ein trostloser Zustand is, ein Liebhaber ohne Adreß'! — Ein junger Spatz, der aus'm Nest fallt, ein Hecht, den's in ein'm Körbel tragen, ein Pintsch der ohne Halsband umlauft, das Alles ist noch Gold gegen einen Liebhaber ohne Adresse.

* * *

Ich wart' jetzt nur, bis ich ein Jüngling bin, dann geh' ich in die Welt, und das is g'scheiter als in die Schul'; die Welt is die wahre Schule. In der Schul' muß man die Lectionen aufsagen, sonst is man dumm; wenn man aber in der Welt eine tüchtige Lection kriegt, so muß man still sein, und gar nix dergleichen thun, dann is man g'scheit. In der Schul' wird man alle Tag' verlesen; in der Welt, wenn man da einmal verlesen is, so is es genug auf ewige Zeiten. In der Schul' muß man ruhig sein, in der Welt ist es just gut, wenn man recht viel Lärm macht. In der Schul' haben's extra eine Eselsbank, in der Welt sind die Eseln auf allen Plätzen zerstreut, d'rum herrscht auch nur in der Schule diese Indiscretion, daß man sagen kann: „Marsch auf die Eselsbank." In der Welt, wenn ich da in ein Gasthaus oder in ein Kaffeehaus geh'n werd', riskir' ich das nicht, oder wenn ich in ein Theater geh', da kann kein Sitzaufsperrer zu mir sagen: „Ich bitt', Sie sind ein Esel, Sie g'hören auf diese Bank!" Das geht nicht! —

* * *

So bös is Keine, daß sie nicht zum gut machen wär'.

* * *

Der Zufall muß ein b'soffener Kutscher sein, wie der die Leut' zusammnführt, 's is stark!

* * *

Ich glaub' von jedem Menschen das Schlechteste, selbst von mir, und ich hab' mich noch selten getäuscht.

* * *

Die Gefahr ist die poetische Ballfrisur der Liebe, und sie ist auch höchst nöthig, denn in der Schlafhaube der Alltäglichkeit nimmt sich diese Himmelstochter miserabel aus.

* * *

In einem gebildeten Lächeln muß mehr Nichtssagendes liegen. Dann muß man es permanent behaupten. So ein Lächeln muß eine spanische Wand sein, hinter welcher man seine Gefühle und Empfindungen vor die Leut' versteckt.

* * *

Ja die Lieb' — die Lieb', das ist die Köchin, die am meisten anrichtet auf der Welt.

* * *

Es glaubt kein Mensch, was der Mensch Alles braucht, bis er halbwegs einem Menschen gleichsieht. Curios: Der Mensch, heißt's, ist das Meisterstück in der Schöpfung, und man muß sich völlig arm zahlen an Schneidern, daß man das Meisterstück gehörig verstecken kann.

* * *

Wie dumm wird oft über ein' Rausch ein Lärm g'macht,
Und a paar Maßl Wein sein verschmerzt über Nacht.
Da gibt's Leut', denen 's Rindfleisch in' Kopf g'stiegn is,
und der Zustand verschlaft sich nit, so viel is g'wiß.

* * *

„Was dem Weibe verboten ist, das darf der Mann auch nicht thun." Wie arrogant! Und es ist doch das conträre Verhältniß. Erlaubt sich das Weib das Geringste, so leidet die Ehre des Mannes dabei; jemehr sich aber der Mann erlaubt, je niederträchtiger er sie behandelt und sie ertragt das Ding Alles als stille Dulderin, desto mehr Ehre macht es ihr. Es gibt gar nichts Ausgezeichneteres für ein Weib, als wenn sie im Renommée als stille Dulderin is.

* * *

Beredsamkeit heißt der große Schneidermeister, der die Gefühle in Worte kleiden soll; ich hab' aber den Schneider nit, d'rum haben meine Gefühle nix anz'legen, und Gefühle, die nix anz'legen haben, die kann man nit herzeigen vor d'Leut. —

* * *

Es verdammt der Mensch Manches und nennt Manches gut,
Der Mensch thut oft was und weiß nicht, was er thut.
So schlagt ein Eh'mann vor d'Stirn sich und denkt nicht dabei:
Das, was er jetzt thut, das ist Thierquälerei! —

* * *

Die Anatomen schon lehren uns, daß das menschliche Herz Ohren hat, und zwar verhältnißmäßig sehr große Ohren; dadurch allein schon ist jede Eselei, wo das Herz im Spiel is, zur Vergebung qualificirt.

* * *

D'Schöpfung war zu verschwenderisch mit d'Händ,
'\s liegt am Tag,
Denn mancher braucht's nie, steckt's nur alleweil in'
Sack,
Und mit d'Füß war's geizig, 's zeigt's tägliche
Leben,
Wie Vielen sie offenbar um zwei z'wenig hat geben.

* * *

Das Licht hat die größte Geschwindigkeit in der ganzen Natur, d'rum hat auch das üble Licht, was auf ein Wesen fallt, so eine schnelle Verbreitung.

* * *

Ich hab' einmal einen alten Isabellenschimmel an ein' Ziegelwagen g'seh'n, seitdem bring ich die Zukunft gar nicht mehr aus'm Sinn.

* * *

Sie will mich gewinnen durch eine edle Lüge; gut, so will ich es auch durch keine unedle Wahrheit vergelten. Ich will es verschweigen, daß sie dem Aufseher seine Geliebte ist; daß er sich aber untersteht, ihr Liebhaber zu sein, das muß heut' noch aufgeſtoch'n werden! Den Aufſeher verrathen, der da lebt von Verrath, das iſt Ehrenſache der Schüler-ſchaft, das iſt die ſüßeſte Pflicht der Schulbüberei.

* * *

Mein Weib muß mit Jedermann freundlich ſein, ſonſt wird's gleich karbatſcht; denn Höflichkeit, das iſt das Erſte.

* * *

Das Fatalſte bei den früheren Verhältniſſen iſt, daß ſie oft ſpäter aufkommen thun.

* * *

Wenn man verſtimmte Frauen, notabene ſolche, die nicht auf Präſente anſtehen, umſtimmen will, ſo g'hören zwei Stimmſchlüſſel dazu, der eine heißt imponiren, der andere niederknien!

* * *

Schönheit bleibt Schönheit, und wenn die Schönheit auch auf einen Grund wo draußt is, ſo is das noch kein Grund, ſie gering zu ſchätzen. Auch unter die groben Tücheln ſchlagen die Herzen auf eine ſehr beglückende Weiſe und auch die gemeine Welt hat ihre Reize.

* * *

Guter Gatte und guter Vater, das trifft ſich in praxi nicht immer ſo paarweis als wie die Strümpfe oder die Ohrfeigen beiſammen. Es iſt ſehr leicht, ein guter Vater zu sein — guter Gatte, das is schon mit viel mehr Schwierigkeiten verbunden. Die eigenen Kinder sind dem Vater gewiß immer am liebsten, und wenn's wahre Affen sein, so g'falln ein'm doch die eigenen Affen besser als fremde Engeln. Hingegen hat man als Gatte oft eine engelschöne Frau und momentan g'fallt ein'm a And're besser, die nicht viel hübscher is als ein Aff'! Das sind die psychologischen Quadrillirungen, die das Unterfutter unseres Charakters bilden.

* * *

Der Radibub bricht auch mit seiner Geliebten, versöhnt sich aber hernach; doch wenn der Mann von Ehre bricht, dann ist der Bruch auf immer gebrochen; dieses ist der Hauptunterschied zwischen dem Manne von Ehre und dem Radibuben.

* * *

Ich liebe die öffentlichen Orte nicht; ich geh' daher auch für gewöhnlich immer nur in die Wirthshäuser, wo ich zu Haus bin. Und Bälle kann ich schon gar nicht leiden, außer Hausbälle, aber natürlich, da wird Unsereins als gemeiner Mensch nicht eing'laden und das ist sehr unrecht: denn Leut', die nicht tanzen und nicht discuriren, die blos dasteh'n, wie die Stöck', die find't man auf jedem Hausball und ich sag's: Wenn man Stöck' einlad't, so könnte man schon ein'm Holzhacker auch die Ehr' anthun.

* * *

Wär' er nicht so reich, so hätt' sie ihn nicht geheiratet, wär' er nicht so dumm, hätt' er sie nicht geheiratet, so ist aber Beides der Fall, er hat Reichthum und Dummheit gesäet, hat also müssen eine secante Gattin ernten. So schafft man sich selber sein Hauskreuz und arbeitet so der großen Nemesis in die Hand, daß sie nie den Credit der Gerechtigkeit verliert.

* * *

Um Achte kann man noch die honetteste Geliebte besuchen; die Stunden des Verdachtes fangen erst um Viertel auf Eilfe an.

* * *

Es is so edel, wenn man seine Hand einem Menschen in die Hand legt, dem man's von Rechtswegen in's G'sicht legen sollt!

* * *

Das is a alte Wahrheit: über ein altes Weib geht nix, als ein Mann, der ein altes Weib is.

* * *

Wenn man ein'n hinauswirft, ist es genug; für was denn Grobheiten auch noch?

* * *

Mir schickt er die Kündigung, das is der Dank. — Aber auch das Publicum ist nicht dankbar; da wimmelt's in der Sommersaison in unseren Badeort hinaus und wann's nachher z'ruckkommen in die

Residenz, da g'fall'n ihnen ihre Loewe's, ihre Laroche, ihre Beckmänner doppelt, warum? weil sie mich g'sehn haben in diesen Rollen; da lernen's erst ein'n Unterschied kennen; mir also verdanken sie den erhöhten Genuß. Ich mag einmal nicht mehr thun für die Kunst. Die Kunst ist mein Leben und an mein' Leben liegt mir gar nix! Was hat man von dieser 50- bis 60jährigen Luftschnapperei? Da hat sich die Natur ausgezeichnet. — Ohne Luft kann man nicht leben und von der Luft kann man aber auch nicht leben! Kannst Du uns die Luft geben umsonst, gib uns die Nahrung auch um den Preis.

* * *

Es ist ein bitteres Gefühl, wenn man oft so hungrig ist, daß man vor Durst nicht weiß, wo man die Nacht schlafen soll.

* * *

Der Mensch ist allerdings ein Säugethier, denn er saugt sehr viel Flüssigkeiten in sich ein, das Männchen Bier und Wein, das Weibchen Kaffee. Der Mensch ist aber auch ein Fisch, denn er thut oft Unglaubliches mit kaltem Blut und hat auch Schuppen, die ihm zwar plötzlich, aber doch g'wöhnlich zu spät von den Augen fallen. Der Mensch ist auch ferner ein Wurm, denn er krümmt sich häufig im Staube und kommt auf diese Art vorwärts. Der Mensch ist nicht minder ein Amphibium, welches auf dem Land und im Wasser lebt, denn Mancher, der schon recht im Wasser is, zieht noch ganz nobel auf's Land hinaus. Der Mensch ist endlich auch ein Federvieh, denn gar Mancher zeigt, wie er a Feder in die Hand nimmt, daß er ein Vieh ist.

* * *

Ein Mädel hat ihren Liebhaber papierlt*), dieser Fall hat sich schon vor Erfindung des Papieres millionenmal ereignet, umso mehr jetzt, in dieser papierenen Zeit! Der Fall is alltäglich. Nur daß das Mädel g'rad mein Mädel is, und daß ich g'rad der Liebhaber bin, der dem Mädel sein Liebhaber war, das is das einzige Neue und Verdrießliche an der Sach'. Was thut man in so einer Lage? — Kleine Seelen lamentiren, hochherzige Männer nehmen sich eine Andere und die ganz großen Geister haben schon immer Eine im Vorrath, so wie es jetzt bei mir der Fall is.

* * *

O du kleiner Liebesgott, steigst du denn ewig in den Siebenmeilenstiefeln der Ueberstürzung herum?

* * *

Das Volk muß physisch beim Gnack**) gepackt und moralisch mit der Nasen d'rauf g'stoßen werden.

* * *

---

*) Genarrt.
**) Genick.

Das wär' sehr traurig, wenn der Unbedeutende nicht auch Anspruch auf ein braves Mäd'l hätt'; und bei diesem Anspruch bescheiden sein, wär' eher eine Niederträchtigkeit als eine Tugend. In gar Vielem kann und soll sich der Mensch behelfen, sich mit dem Minderen begnügen, wenn er's Bessere nicht haben kann. Wer's auf kein Paperl bringt, der spendirt sich zwei Laubfrösch' vor's Fenster — wer kein'n Kammerdiener hat, kauft sich ein'n Stiefelknecht um sechs Groschen, — wer nicht als nobler Cridatar auf seine neu gekaufte Villa in b'Schweiz fahren kann, der geht dem Schuster mit a paar Juchtene durch, — wer eine Neapelreis' z'kostspielig find't, um den feuerspeienden Vesuv zu sehen, der schaut sich um a zornige Kräutlerin um, — kurz für Alles hat der Geringere ein Surrogat und kann das Echte dem Höhern überlassen, — aber was den Punkt der Familienehre betrifft, da steht der Unbedeutende dem Größten gleich und hat ebenso gut das Recht, das Makelloseste zu verlangen.

* * *

Armuth ist ohne Zweifel das Schrecklichste. Mir dürfte einer zehn Millionen herlegen und sagen, ich soll arm sein dafür, ich nehm's nicht.

* * *

Die Nerven von Spinnengeweb', d'Herzen von Wachs und die Köpferln von Eisen, das is der Grundriß der weiblichen Structur.

* * *

Wer Menschen kennt, der kennt auch die Vegetabilien, weil nur sehr wenig Menschen leben, unzählige aber vegetiren. Wer in der Fruh aufsteht, in die Kanzlei geht, nachher essen geht, der vegetirt; wer in der Fruh in's G'wölb geht und nachher auf die Mauth geht, und nachher essen geht, und nachher wieder in's G'wölb geht, der vegetirt; wer in der Fruh aufsteht, nachher a Roll' durchgeht, nachher in die Prob' geht, nachher essen geht, nachher in's Kaffeehaus geht, nachher Komödie spiel'n geht, und wenn das alle Tag so fortgeht, der vegetirt. Zum Leben gehört sich, billig berechnet, eine Million, und das ist nicht genug; auch ein geistiger Aufschwung g'hört dazu und das find't man höchst selten beisammen; wenigstens, was ich von die Millionär' weiß, so führen alle aus millionärrischer Gewinn- und Vermehrungs-Passion ein so fades, trockenes Geschäftsleben, was kaum den blühenden Namen „Vegetation" verdient.

* * *

Ich behaupte, es ist viel mehr Genuß, von einem Baron getrennt, als mit einem Schreiber vereinigt sein.

* * *

Ein roher Mann, wird er auch noch so sehr am Feuer der Liebe gebraten, es wird nie etwas Genießbares d'raus.

* * *

Sie fein mir eigentlich viel zu dumm, aber a Bisserl um die Erd' werfen muß ich Ihnen doch für die Red'.

* * *

Zwischen Auskommen und Einkommen is es schwer, das gehörige Verhältniß herzustellen, denn 's Geld kommt auf schwerfällige Podagrafüß' herein und fliegt auf Zephirflügeln hinaus.

* * *

Die Lieb' ist eine dramatische Idylle in einem Aufzuge — kurz — aber wunderschön! Und weil es zu kurz ist, deswegen wird halt das Stück so oft wiederholt, und es läßt sich leicht wiederholen, es macht keine Kosten — nur zwei Personen, man braucht keine Statisten, keine zahlreiche Umgebung dabei, schwache Beleuchtung, höchstens ein Bissel Mondschein.

* * *

Die Seele eines Verbrechers is eine Nachteule, beim Tag is sie stumpfsinnig, aber wie's dämmert, flattert's auf, und mit ihrer Finsterniß wachst die Klarheit ihrer Katzenaugen.

* * *

Ich bin der Mann, der um's Geld Alles thut, wenn's aber dann nicht ehrlich zugeht, dann — ich sag' sonst nichts, als dann! —

* * *

Es ist ein eigener Zauber mit dem Herzen, man verschenkt's hundertmal und es kommt immer wieder zurück, man glaubt oft, es ist noch fest bei Der oder Jener, auf einmal sieht man in ein Paar schöne Augen — bum, bum, bum, bum, fangt's zu klopfen an — da ist's schon wieder.

* * *

"Liebenswürdig" ist im strengsten Sinne des Wortes ein Zeitwort, weil es gänzlich der Abwandlung unterliegt. In der halbvergangenen Zeit heißt's passé, in der völligvergangenen schiech und in der längstvergangenen grauslich.

* * *

Die Gefahr sucht sich in der Regel Opfer, die ringen mit ihr; mit kleine Buben gibt sie sich nicht ab.

* * *

"Das Kleid macht den Mann", ein Sprichwort, durch welches wir uns selbst so sehr vor den Schneidern herabsetzen, und welches doch so unwahr ist, denn wie viele ganze Kerls geh'n mit zerrissene Röck' herum.

* * *

— und die Menschen haben schon den Unsinn, daß sie das für Wahrheit halten, worüber sie einen Schein in den Händen haben.

* * *

Bis zum Lorbeer versteig' ich mich nicht. G'fallen sollen meine Sachen, unterhalten, — lachen sollen die Leut', und mir soll die G'schicht a Geld tragen, daß ich auch lach', das ist der ganze Zweck. G'spaßige Sachen schreiben und damit nach dem Lorbeer trachten wollen, das ist grad so, als wenn Einer Zwetschken=krampus macht und gibt sich für einen Rivalen von Canova aus.

* * *

Das Lügen ist eine Erfindung von und für Lebendige; im Tode muß Wahrheit sein, schon des=wegen, weil es der Gegensatz von Leben ist.

* * *

Lauf' auf d'Herberg, Jüngling, und hol' Dir elf Kameraden, über ein'n Schneider geh' ich nicht.

* * *

Die Ehe ist auf jeden Fall ein Trauerspiel, weil der Held oder die Heldin sterben muß, sonst wird's nicht aus. — Uebrigens hat die Ehe, wenn sie eine zänkische ist, sehr viel von einem Spectakel=stück, denn Spectakeln ereignen sich in diesem Stand, gar nicht zum glauben. Auch Tableaux kommen b'rin vor. Der Mann kriecht hinter'n Ofen, die Frau schmachtet über's Fenster auf Einen hinunter; das ist ein charmantes Tableau; dann Gruppirungen. Die Frau steht so (macht pantomimisch, wie sie dem Manne eine Ohrfeige geben will), und der Mann steht so (macht eine Stellung, wie der Mann sich furchtsam bückt), das ist eine herr=

liche Gruppirung. Dann gibt es auch sehr häufig Gefechte im Ehestande. Einzüge, wie der Mann in's Wirthshaus geht, hält der Liebhaber seinen Einzug in's Haus; Krönungen — alles Mögliche, was zu einem guten Spectakelstück gehört.

* * *

Wenn die Leut' wüßten, was das heißt, einen Schlosser ertränken, es ließ's g'wiß Jeder bleiben.

* * *

Von halber Achte bis viertel auf Eins! Es sein nicht ganz fünf Stunden, aber wann's ein Liebhaber mit einem Herzen voll Verdacht durchpassen muß, dann ist es ein so ungeheu'rer Zeitraum, daß drei Ewigkeiten sammt Familie commod Platz haben d'rin.

* * *

Die pragmatische Geschichte meines Herzens zerfällt in drei miserable Capitel: Zwecklose Träumereien, abbrennte Versuche und werthlose Triumphe.

* * *

Ich kann es überhaupt nicht glauben, daß die Jenseitigen an uns Diesseitige herüber denken; die Guten wenigstens gewiß nicht, denn die sollen ja selig sein, und wie brächten sie denn das zusammen, wenn sie uns hier unten in der Vogel=Perspective betrachten? Könnte es einen seligen Hausherrn geben, wenn er sähe, wie seine liederlichen Buben auf sein schweiß- und fleißerbautes Haus einen Satz um den andern machen? Könnte es einen seligen Graukopf geben, wenn er sähe, wie seine blonde Witwe die Trauerkleider als Liebesnetze verwendet? Könnt' es einen seligen Schiller, einen seligen Goethe geben, wenn sie sehen müßten, wie in Budweis der „Don Carlos" und in Iglau der „Faust" aufgeführt wird! — Es war keine dumme Erfindung von den Griechen und Römern, daß sie als Grenzfluß ihrer Champs Elysées den Lethe angenommen haben, aus dem man Vergessenheit trinkt. Wer die Welt nicht vergißt, für den kann's gar keinen Himmel geben — das ist altgriechische Philosophie, die in zweitausend Jahren noch nicht Rococo geworden ist.

* * *

Es ist eine desolate Idee, Genie werden zu wollen gerade in der Periode, wo das Genie seine Privilegien verloren hat.

* * *

Sie, wenn Sie mir über ein Ritterstück schimpfen, ich schlag' ihnen nieder, unbekannterweise, denn das ist der Triumph der Kunst. Ha, Wuth, Gattin, Rache, Tod, Mondschein, Verderben, Schwärmerei, Grabesnacht, Himmelslust und Schwermuth — wo hören Sie das in einem Iffland'schen Stück? — Der Ritter kommt zurück aus blutiger Fehde und findet seine Geliebte treulos, das ist interessant — er geräth in Wuth, das ist heroisch — er flucht der Falschen, verläßt sie auf immer, das ist Edelmuth

— er zieht in's gelobte Land, kommt aber gleich wieder zurück, das ist Consequenz — er geht mit seinen Kampfgenossen und sauft sich zu Tod', bis die Geisterstunde schlägt und hereinwankt der Schatten der Gemordeten mit der bleichen Silberlocke in der geballten Faust, das ist dramatische Gerechtigkeit. Aber beim Iffland, o je, da lamentiren die Familien actweis, daß man ganz hin werd'n möcht — und um was handelt sich die ganze Verzweiflung? Um 200 Gulden Schein. Wenn's den Bettel im Parterre zusammenschießeten und hinaufschickten, so hätt' eine jede solche Komödie im ersten Act schon ein End'.

* * *

Was nach der Sage dem Schneider das Bügeleisen im Sack, das ist dem Glücklichen ein kleines Stückel Kummer im Herzen, sonst gingen, trotz dem Gesetz der allgemeinen Schwere, beide in die Luft.

* * *

Ich hab' zu viel Erwachsene kennen gelernt, die der Nachsicht bedürfen, als daß ich je mehr gegen die Kinder streng sein könnt'; den Kindern geschieht ohnedem viel Unrecht! Ist das nicht schon Unrecht genug, daß man sie für glücklich hält?! Und sie sind es so wenig wie wir, sie haben in ihren Kinderseelen alle Affecte, eine Sehnsucht, die sie mit Täuschungen, eine Eitelkeit, die sie mit Kränkungen, eine Phantasie, die sie mit Wauwaubildern quält — — und dabei haben sie nicht die Stütze der Vernunft, die uns wenigstens zu Gebote steht, wenn wir sie auch nicht gebrauchen. Wir finden ihre Leiden klein, ohne zu bedenken, wie kleinlich wir oft in unseren Leiden sind. Wir finden das kindisch, wenn das Kind sich kränkt über einen heruntergefallenen Apfel, und wie viele Erwachsene sind oft in Verzweiflung über ein gefallenes Papier. Uns kommt das so kindisch vor, wenn ein Kind über einen zerbrochenen Wurstel weint, und ich hab' schon alte Herr'n g'sehen, die sich über eine verlorene Grebel die Haar' ausg'rissen hab'n, vorausg'setzt, daß welche g'habt haben.

* * *

Eigentlich gibt's jetzt keine Stern' mehr, sie geben sich wenigstens jetzt nicht mehr ab mit uns. Wie die Welt noch im Finstern war, war der Himmel so hell, und seit die Welt so im Klaren ist, hat sich der Himmel verfinstert. Die Stern', die sich anno Aberglauben um unser Schicksal so hinabgezappelt haben, sind anno Aufklärung in dieser Qualität erloschen. Wir sind jetzt weit mehr auf die Welt reducirt, an etwas Irdisches muß man sich jetzt anklammern. Das Wohlwollen in irgend einer Menschenbrust muß uns zum guten Stern werden, und wenn dieser Stern sich glücklicherweise mit einem andern Stern vereint, der auf dem Frack=Horizont des Wohlwollenden strahlt, dann ist es eine Constellation, die Glück verbürgt, aber nicht, wenn der Saturnus, Uranus und Kakranus auf= und untergehen.

* * *

Das Vorurtheil is eine Mauer, von der sich noch alle „Köpf", die dagegen ang'rennt sind, mit blutige Köpf zurückgezogen haben.

* * *

Der Mensch soll nie ohne Paraplui sein. Es ist die großartigste Waffe, aufgespannt ist es Schild, zugemacht und geschwungen ist es Schwert und horizontal gebraucht ist es Lanze.

* * *

Das gar nicht zum Ziel Kommen ist doppelt schrecklich für einen Menschen, der immer auf der Eisenbahn fahrt, der sich folglich keine Langsamkeit zu Schulden kommen laßt. Aber leider auf der großen Distanz, die die zwei Punkte Wunsch und Erfüllung trennt, braust keine Locomotive, und g'rad da wär' eine unsichtbare Eisenbahn am nothwendigsten.

* * *

Wenn es sich um so „Mäd'ln, Haubenputzerinnen, Nähterinnen, Seidenwinderinnen" handelt, da heißt der chemische Herzensproceß nicht einmal „Liebe", da wird das Ding nur Bekanntschaft genannt, und mit dem veränderten Namen entsteht auch in der Sache ein himmelweiter Unterschied. Bei der Liebe nur wird man bezaubert, bei der Bekanntschaft sieht man sich gern; bei der Liebe nur schwebt man in höheren Regionen, bei der Bekanntschaft geht man in einen irdischen Garten wohin, wo's Bier gut und s' kälberne Bratl groß is; bei der Liebe nur heißt's: „Er ist treulos, meineidig, ein Verräther", bei der Bekanntschaft heißt's blos: „Jetzt hat er a neue Bekanntschaft gemacht." Die Liebe nur hat so häufig einen Nachklang von „Zetermordio-Geschrei" der Eltern; bei der Liebe nur krampeln sich Familienverzweigungen ein in alle Fasern unserer Existenz, bei der Bekanntschaft wird blos ein Cyklus von Sonntäg', Maximum ein ganzer Fasching prätendirt, ewige Dauer ist da terra incognita und lebenslängliche Folgen sind da gar nicht modern.

* * *

Ueber kein Thema existiren so viele Variationen, als über's Heiraten; aber noch so künstlich variirt, die uralte Fischgraten-Melodie is nirgends zu verkennen. 's Heiraten is offenbar keine Kunst, denn es kommt sogar bei die Wilden vor, und damit uns das Recht augenscheinlich wird, heiraten selbst in Europa viele Wilde*), wenn's nur a schönes Geld haben. Und doch ist es gut, daß es nicht abkommt. Im Mittelalter hat man ein Leben reich an Thaten, und noch reicher an Unthaten, unter Anderm auch als Einsiedler abgebüßt; jetzt hat man blos die Zweisiedelei des Ehestands, um Jugendthorheiten abzubüßen. Kurios, daß die Natur sich d'rin g'fallt, so ungleiche Geschwisterpaare zu erzeugen; wie zum Beispiel der angenehme Jüngling „Schlaf" einen

---

*) Wilde = Häßliche.

fatalen Bruder, den „Tod," hat, so hat die reizende Zauberin „Liebe" eine etwas langweilige Schwester, die „Ehe". Die Liebe kommt mir vor, als wie eine Hausunterhaltung, die sich ganz unverhofft gestaltet, das sind immer die schönsten. Der Ehestand hingegen ist wie eine Landpartie, wo man sich eine Menge vornimmt, wie unendlich man sich unterhalten will, da wird meistens nix d'raus, allerhand Verdruß und ein recht's Wetter sind so wie das landpartieliche, auch das eheständliche Facit. Bei der Lieb' is das Schöne, man kann aufhören zu lieben, wenn's Einen nicht mehr g'freut, aber bei der Ehe! Das Bewußtsein: Du mußt jetzt alleweil verheirat't sein, schon das bringt Einen um. Ich weiß, wie das Ganze entstanden is; die Schöpfung hat sich einmal im Dramatischen versucht und hat eine Komödie verfaßt, „die Liebe," und das Stück is halt so gut ausg'fallen, allgemeiner Beifall und Andrang, — da hat denn die succeß-verblendete Schöpfung einen zweiten Theil d'rauf g'macht, „die Ehe," und wie's schon geht bei die zweiten Theil, es ist nicht mehr das Interesse. Und wenn man die dramatischen Mittel dieser beiden Theile vergleicht, — g'rad wie bei gute und matte Komödien. Bei der Liebe nur zwei Personen, selbst die noch dabei sein könnten, sucht man zu vermeiden, ein leichter gefälliger Dialog, Decorationen: eine Laube, a Stiegen, a Strohdach, Alles gut genug. — Bei der Ehe hingegen das Personal: A Frau, a Stubenmädel, a Köchin, a Bedienter, a Chevalier, oder auch mehrere Chevaliers, und Kinder und Statisten, die d'Frau angaffen, wenn's sauber is; und die Decorationen: ein Salon, eine Promenad', ein Ballsaal — und die Garderob'! und dabei eine schiefrige, geschraubte, oft auch sehr ordinäre Sprache — nein, es is nix mit die zweiten Theil!

* * *

Wer tranchirt, ist entweder ein Esel oder ein Flegel. Behält man als Tranchirer das beste Stück für sich, so ist man ein Flegel, und behält man sich es nicht, so ist man ein Esel.

* * *

Die Seeschlange ist eine Fabel, sonst könnt' sie ja nicht diese fabelhafte Größe haben, das ist Beweis für die Meereskraft. Für die Weisheit des Meeres haben wir gar den handgreiflichsten Beweis, im Meer hat sogar der Stockfisch einen Kopf, das ist doch auf dem trockenen Lande nie der Fall.

* * *

Seit der Existenz des Geldes gibt es in jedem Stand Reiche und Aermere. Es ist ein Unterschied zwischen Bäck und Bäck, es ist eine Differenz zwischen Fleischhacker und Fleischhacker, aber der Abstand, der zwischen Tandler und Tandler ist, der geht schon in's Unberechenbare hinein.

* * *

Zwischen Hinauswerfenden und Hinausgeworfenen besteht ein magisches Band, und wenn sie sich nach Decennien wieder finden, fühlt der Eine noch einen Zucker und dem Anderen gibt es einen Riß.

* * *

Seien wir froh, daß wir unser Seelenfutteral noch haben, und legen wir keinen Spott auf das Weltliche. Die Welt is schön; es gibt zwar fast lauter Unzufried'ne d'rauf; das soll von der menschlichen Ungenügsamkeit kommen. Nicht wahr ist's. Das kommt von der Genügsamkeit; denn wer is genügsam? Der, welcher mit Allem zufrieden is; jeder Mensch aber wär' mit Allem zufrieden, wenn er Alles hätt', weil aber kein Mensch Alles hat, d'rum sind's Alle unzufrieden, — das liegt in der Natur der Sachen, und geht im Grund keinen Menschen was an.

* * *

Mich hat ein echt praktischer Schwärmer versichert, das Reizendste ist das, wenn von zwei Liebenden Eins früher stirbt und erscheint dem Andern als Geist. Ich kann mich in das hineindenken, und wenn sie so dasitzet in einer Blumennacht am Gartenfenster, die Thränenperlen vom Mondstrahl überspiegelt und es wurd' hinter der Hollerstauden immer weißer und weißer, und das Weiße wär' ich, — gänzlich Geist, kein Stückerl Körper, aber dennoch anstandshalber das Leintuch der Ewigkeit über'n Kopf — ich strecket die Arme nach ihr aus, zeiget nach Oben auf ein'n Stern, Gotigkeit*) „Dort werden wir vereinigt" — sie kriegt a Schneid auf das Himmels-Rendezvous, hast es nit g'sehn, streift die irdischen Bande ab, und wir verschwebeten, verschwelgeten und verschwingeten uns in's Remonblaue des Nachthimmels — ach ja, das kann sehr schön sein, aber ich bin doch zu wenig Geist, um den wahren Genuß herauszufinden, und extra deswegen a Geist werden, da laßt sich der Zehnte nicht darauf ein.

* * *

Sie sagen: „Wer nicht arbeit', der soll auch nicht essen", und wissen gar nicht, wenn sie Allen mit diesem Ausspruch zum Hungertod verdammen.

* * *

Gesundheit trinken, während dem ein Mitmensch am Becher des Todes nippt, so ein lautes Gaudium verletzt einen Sterbenden unendlich.

* * *

Der Ursprung des Zimmermanns hat schon das vor vielen anderen Ursprüngen voraus, daß er nur halben Theil gemein ist, die andere Hälfte ist erhaben und folglich das Ganze das, was die noblen Leute eine Mesalliance nennen. Der Holzhacker hat die Geometrie umarmt, und so ist der Zimmermann entstanden.

* * *

*) Gotigkeit = gleichsam, als ob er andeuten wollte.

Es gibt Keinen mit einem zu kurzen Fuß, der nicht auch einen längeren daneben hätt', — es gibt keinen Einseitigen, der nicht auch eine andere Seiten hat, die den Gegensatz zur ersten bildet, so daß gerade der Einseitige der Vielseitige oder wenigstens der Zweiseitige ist. Das ist echt philosophisch — und, so behaupt ich, muß oder kann wenigstens der auf einer Seite moralisch Gesunkene auf der andern Seite seine moralischen Erhabenheiten haben.

* * *

Es gibt sehr wenig böse Menschen und doch geschieht so viel Unheil in der Welt; der größte Theil dieses Unheils kommt auf Rechnung der vielen, vielen guten Menschen, die weiter nichts als gute Menschen sind.

* * *

Das ist eben das Dumme und höchst Ungerechte. Wenn die reichen Leut' nie wieder Reiche einladeten, sondern arme Leut', dann hätten Alle genug zu essen.

* * *

Eine fixe Idee habe ich gehabt, nämlich die, daß ich mein Glück nur mir selbst verdanken will. Ich bin radical geheilt davon, denn zu lebhaft empfind' ich's jetzt, daß man gerade zum größten Glück ein zweites Wesen nöthig hat, dem man's verdankt.

* * *

Eher ein Locomotiv aufhalten, als einen jungen Beamten, der mit dem Anstellungs-Decret in die Sacristei rennt, eine Copulation bestellen.

* * *

Wenn ein Mann nebstbei a Bisserl einen Bart hat, so steht das männlich schön; wenn aber ein Bart nur nebstbei a Bisserl einen Mann hat, so steht das g'spaßig. — So is es auch bei der Liebe, sie soll wohl mit ein' Anflug von Schwärmerei garnirt sein, sich aber ja nicht strenzwirnartig abhaspeln in endloser Schwärmerei. So ein trunk'nes Paar Liebes= seelen verfehlt das Ziel, wie zwei Rauschige, die einander nach Haus führen wollen.

* * *

Aber Gnädigste, eine Strauchen dauert drei Wochen, ein Krampfkatarrh ein Vierteljahr, die Hühneraugen lebenslänglich — und mit dem Gemüth gar! Das ist eine ewige Patzerei — nur wenn man Keines hat, läßt einem diese Seelengicht Ruhe.

* * *

Jede Frau hält ihren Namen, feurig aus= gesprochen, für die schönste, geistreichste Rede.

* * *

Ein Mensch geht, ein neuer kommt — das hat der Klampferer schlau berechnet.

* * *

Was fällt Ihnen ein? Ein Kremser und ein Duell! Das werden Sie nie hören, daß sich in Krems zwei Männer schlagen, — für das haben wir die Weiber.

* * *

Wenn nur der Kutscher klar sieht, dann wird auch mit blinden Pferden das Ziel erreicht.

* * *

Recht und Freiheit sind ein — paar bedeutungsvolle Worte, aber nur in der werthlosen, vielfachen Zahl gegeben. Das klingt wie ein mathematischer Unsinn, und ist doch die evidenteste Wahrheit. Es ist g'rad wie manche Frau, die sehr viel Tugenden hat. Sie hat einen freundlichen Humor, und brummt nicht, wenn der Mann ausgeht, — das is eine Tugend, — sie ist geistreich — das ist eine Tugend, — sie hat ein gutes Herz, das ist eine Tugend, sie bringt die fünfte Schale Kaffee schon schwer hinunter, das is auch eine Tugend, und trotz so vieler ihr innewohnenden Tugenden, is doch Tugend bei ihr nicht zu Haus. G'rad so is es uns mit Freiheit und Recht ergangen. Was für eine Menge Rechte haben wir g'habt: diese Rechte der Geburt, diese Rechte und Vorrechte des Standes, dann das höchste unter allen Rechten, das Bergrecht; dann das niedrigste unter allen Rechten, das Recht, daß man selbst bei erwiesener Zahlungsunfähigkeit und Armuth Einen einsperren lassen kann. Wir haben ferner das Recht g'habt, nach erlangter Bewilligung Diplome von gelehrten Gesellschaften anzunehmen. Sogar mit hoher Genehmigung das Recht, ausländische Courtoisie=Orden zu tragen. Und trotz all dieser unschätzbaren Rechte haben wir doch kein Recht g'habt, weil wir Sklaven waren. Was haben wir ferner alles für Freiheiten g'habt. Ueberall auf'm Land und in den Städten zu gewissen Zeiten Marktfreiheit. Auch in der Residenz war Freiheit, in den Redoutensälen nämlich, die Maskenfreiheit; noch mehr Freiheit in den Kaffeehäusern, wenn sich ein Nichtsverzehrender ang'lehnt und die Pyramidler genirt hat, hat der Marqueur laut und öffentlich g'schrien: Billardfreiheit. Wir haben sogar Gedankenfreiheit g'habt, insofern wir die Gedanken bei uns behalten haben. Es war nämlich für die Gedanken eine Art Hundeordnung. Man hat's haben dürfen, aber am Schnürl führen, wie man's loslassen hat, haben's Einem's erschlagen. Mit einem Wort, wir haben eine Menge Freiheiten gehabt, aber von Freiheit keine Spur.

* * *

Die Lieb' is blind — warum soll ein Verliebter nicht ein Aug' zudrücken?

* * *

Daß es Leute gibt, die auf einen Ball gehen, das find' ich begreiflich; aber daß es Leute gibt, die einen Ball geben, das ist das, was mir ewig ein Räthsel bleibt.

* *

Und nach dem Aussehen wollt Ihr urtheilen, Ihr Vermessenen? Heutzutage nach dem Aussehen? Ueber dieses goldene Zeitalter der Menschenkenntniß sind ein halbes Dutzend Jahrhunderte hinweggerollt. Damals ja, da hat man darauf schwören können, ist Einem Einer begegnet in einem schlichten Lederwams, so war's ein biederer Rittersmann, — war Einer schwarz mit rothen Puffen, so war's ein Bösewicht, — war Einer gar des Teufels, so hat er noch extra eine Hahnfeder getragen. — Weiß mit himmelblauen Schärpen, waren die Jünglinge voll reiner Liebe, — graue Hosen, grauer Bart und ein braunes Jopperl, Wams, das ist ein treuer Diener, — ein tabakfarbiges Kleid mit einem schwarzen Bram, das war eine sittige Hausfrau, — weißer Atlas, mit Gold gestickt, das war eine Buhlerin, — da war's leicht, da hättet Ihr Euch als Psychologen gemacht, aber — heutzutag'!

* * *

Gerade das macht die Liebe dauernd, daß sie nicht von Eisen ist. — Denn nur deshalb rostet alte Liebe nicht.

* * *

Zirkel ist die vollkommenste Rundung, d'rum fallt es auch in die Zirkel am meisten auf, wenn sich Einer eckig benimmt. Der gesellschaftliche Zirkel unterscheidet sich vom mathematischen wesentlich dadurch, daß der mathematische einen einzigen Mittelpunkt hat, der acurat mitten im Zirkel liegt — der gesellschaftliche Zirkel jedoch hat in der Mitte nur den scheinbaren Mittelpunkt, den Kaffeetisch, währenddem der eigentliche Mittelpunkt, um den sich die Peripherie der Unterhaltung dreht, meistens außerhalb des Zirkels liegt, weil gewöhnlich nur die Abwesenden ausgericht' werden.

* * *

Die Censur ist die jüngere von zwei schändlichen Schwestern, die ältere heißt Inquisition. Die Censur ist das lebendige Geständniß der Großen, daß sie nur verdummte Sklaven treten, aber keine freien Völker regieren können. Die Censur ist etwas, was tief unter dem Henker steht, denn derselbe Aufklärungsstrahl, der dem Henker zur Ehrlichkeit verholfen, hat der Censur in neuerer Zeit das Brandmal der Verachtung aufgedrückt.

* *

Gerichte können kein Gerücht zum Schweigen bringen. Hier ist keine körperliche Verletzung zu bestrafen, über die der Chirurgus das Parere schreiben kann; hier handelt sich's um Todeswunden, dem inneren Menschen beigebracht. Da muß die Welt das Urtheil sprechen.

* * *

Es ist ein kümmerliches, aber nie ein unwürdiges Gewerbe, Schulgehilf' zu sein; unwürdig ist eher das, wenn ein großer Mensch durch moralische Ge=

brechen zeigt, daß ihm in der Jugend der Schul=
gehilf' nicht geholfen hat.

* * *

Das Maßnehmen ist ein altes Vorurtheil, das
die Schneider doch nicht hindert, jedes neue G'wand
zu verpfuschen.

* * *

Der Mensch is nie in die alten Tage, ich war
in die alten Tag', wie ich zwanzig Jahr' alt war,
denn diese Tage sind jetzt schon so alt, daß ich seit=
dem eine Unzahl neue gebraucht hab' zum Verleben.
Die jetzigen sind meine jungen Tag', der heutige is
mein jüngster, und die noch nachkommen werden,
sind gar jung, weil sie zu den noch ungebornen
gehören.

* * *

Eine Maß Wein macht wärmer als drei Ellen
Barchent.

* * *

Was tausend Wichte sagen, bekommt Gewicht,
wird wichtig, weil die Wichte tausend sind und die
Ehrenmänner, die's nicht glauben, höchstens zehn.
Auch haben die Schufte in der Regel bessere Lungen
als die Ehrenmänner, sie schreien mehr, und nichts
wirkt auf die Welt mehr als Geschrei.

* * *

Ein Censor ist ein menschgewordener Bleistift oder ein bleistiftgewordener Mensch, ein fleischgewordener Strich über die Erzeugnisse des Geistes, ein Krokodil, das an den Ufern des Ideenstromes lagert und den darin schwimmenden Literaten die Köpf' abbeißt.

* * *

Ein Lorbeerkranz ist eine ganz unschuldige Sach', eh'mals, ja, da war das was Großes. So einem altrömischen Lorbeerbaum, dem wär' das nicht im Schlaf eing'fallen, zu was jetzt seine späten Sprößlinge mißbraucht werden.

* * *

Die Ehen werden im Himmel geschlossen, darum erfordert dieser Stand auch eine so überirdische Geduld.

* * *

Unter hundert Einwohnern gibt es immer einen Geizhals, fünf Trinker, einen Gelehrten, fünf Gescheite und achtundvierzig Verliebte.

* * *

Wenn Liebe eine Schuld sein könnte, so könnt' man's auf einen Dreißigkreuzerstempel verschreiben, man könnt's cediren, exequiren, ratenweis abtragen, wenn's Ein' auf Einmal zu viel is. Es liegt wirklich ein kühner übergwürzgwölbiger Materialismus drin, dem poetischesten aller Gefühle zuzumuthen, daß es nach der juridischen Paragraphpfeife tanzen soll.

* * *

Das sind schon die wahren Gefälligkeiten, wenn Einen der Gefällige warten laßt, so lang's ihm gefällig is. Freilich, Gefälligkeit und Schuldigkeit, das wird jetzt so oft untereinand' geworfen, daß man sich nicht mehr recht auskennt. Einem Kellner a Trinkgeld geben, das nimmt er als Schuldigkeit; daß er ein'm 's Glas ordentlich hinstellt auf'n Tisch, das is eine Gefälligkeit; daß Ein'm ein Bekannter a Geld leiht, das is Schuldigkeit, und wenn man ihm's zurückzahlt, das ist eine seltene Gefälligkeit! Daß sich ein Madel sechs Jahr' herumzieh'n läßt von ein' Liebhaber, das is Schuldigkeit, wenn er's nachher heirat', das is eine ungeheure Gefälligkeit.

* * *

Der Teufel is überhaupt nicht das Schlechteste, ich laß mich lieber mit ihm als mit manchem Menschen ein. Er ehrt das Alter, seine Großmutter steht hoch im Anseh'n bei ihm, das is halt a schöner Charakterzug. Er halt auf'n Handschlag, man sieht's, daß er viel mit die Ritter zu thun hat g'habt, er erfüllt seine Verträge weit prompter als manch irdischer Schmutzian. Freilich nachher am Verfallstag, da kommt er auch auf b'Minuten, Schlag zwölfe, holt sich sein' Seel' und geht wieder schön ordentlich nach Haus in sein' Höll'. Is halt' a Geschäftsmann, wie sich's g'hört.

* * *

Bei einer Entführung lassen sich nur die Mittel an die Hand geben, die Wege gehören in das

Departement der Füße; die Mittel müssen nah sein, die Wege weit. Die Mittel müssen glänzend sein, nämlich Gold, die Wege um so dunkler. Die Mittel muß ein's der Durchgehenden haben und die Wege muß das andere wissen. Das sind die Grundprincipien zur Theorie des doppelten Abfahrens.

* * *

Zum Luftschlösserbauen braucht man nicht einmal einen Grund und — in einem Luftschloß hat selbst die Hausmeister-Wohnung eine paradiesische Aussicht.

* * *

Es gibt zwei Sachen, die evident grau sind, das Alter und noch was. Das Alter wird, wahrscheinlich weil wir von seiner Jugend nichts wissen, als ehrwürdig angenommen; es gibt aber noch was, was unendlich grau, aber gar nicht ehrwürdig is — zwingen Sie mich nicht durch Ihren boshaften Unsinn, aus beiden heterogenen Grauheiten ein passendes Epitheton zusammenzustellen.

* * *

Ich hab' auch einmal g'spielt, sehr stark, wie ich noch kein Geld g'habt hab'. Jetzt aber, seitdem ich was hab', ist mir das Geld eine viel zu ernsthafte Sache, als daß ich darum spielen könnt'. Und 's ist was Fades das Kartenspielen, ich begreif nicht wie man da was d'ran finden kann. Man verliert

Geld und Zeit. Zeitverlust ist auch Geldverlust, also verliert man doppeltes Geld und kann nur einfaches gewinnen. Wo ist da die Raison? Und doch behaupten so Viele, sie spielen nach der Raison. Wie ist das möglich, da das Spiel an und für sich keine Raison ist? Daß das Spiel nicht Sache des Verstandes ist, das zeigt sich ja schon aus dem ganz klar, daß die g'scheitesten Leut' beim Spiel oft so dumm daherreden. Man muß nur in's Kaffeehaus gehen und zuschau'n, da muß man dann ein' Degout kriegen, da begreift man gar nicht, wie's möglich war, daß man jemals selber mitg'spielt hat.

*   *   *

Der Commis hat auch Stunden, wo er sich auf ein Zuckerfaß lahnt und in süße Träumereien versinkt; da fallt es ihm dann wie ein Fünfundzwanzig=Pfund=Gewicht auf's Herz, daß er von Jugend auf an's G'wölb gefesselt war wie ein Blassel an die Hütten. Wenn man nur aus uncompleten Maculaturbüchern etwas vom Weltleben weiß, wenn man den Sonnenaufgang nur vom Bodenfenster, die Abendröthe nur aus Erzählungen der Kundschaften kennt, da bleibt eine Leere im Innern, die alle Oelfässer des Südens, alle Häringfässer des Nordens nicht ausfüllen, eine Abgeschmacktheit, die alle Muskatblüh Indiens nicht würzen kann.

✳

— Hm, — welcher Entdecker hat das schon bemessen, wie weit sich die äußersten Vorgebirge der Möglichkeit in's Meer der Möglichkeit hinein erstrecken? — „Glänzende Partie" heißt die Fee, die oft Wunder wirkt im jungfräulichen Herzen, und selbst die ordinäre Hex' „Reichliche Versorgung" hat schon in zarten Wesen riesige Selbstverleugnungen erzeugt.

* * *

Die Lieb' ist eine Nachtigall und die Nachtigallen haben das, daß sie im dunklen Laub des Verbotes viel reizender schlagen, als auf der offenen flachen Heerstraße der Pflicht.

* * *

„Der Mann soll um zehn Jahre älter sein." Das war ehemals so die Tax, jetzt kann die Frau zwölf, fünfzehn Jahr' voraus haben, und 's macht nix, weil unser Decennium ebenso von verblühten Dreißigern, wie von blühenden Vierzigerinnen wimmelt. Ein Dreißiger, wenn er geht, braucht er einen Stock, eine Vierzigerin hupft daher, als wenn's allweil Polka tanzen thät. Gar viele Dreißiger haben d'Wassersucht und die Vierzigerinnen kennen sich vor Feuer nicht aus. Das macht eine Aenderung im Heiratstarif.

* * *

An ein' Liebhaber wär' wohl nicht viel g'legen, denn die meisten verdienen den Namen Liebhaber deswegen, weil's außer der Lieb' gar nix haben. Ein Anbeter wär' auch leicht zu verschmerzen, denn die beten die Geschöpfe an, wie aber Eine nur eine Anspielung macht, daß sie das oder jenes gern hätt', so finden sie sich gleich enttäuscht, aus ihrem Himmel herabgestürzt, und wie Schuppen fällt's von den Augen, und nur Eigennutz und nicht Liebe — andere Anbeter betteln sogar die Angebetete an, wenn's in Schwulitäten sind. Aber Verehrer, das is was Anderes, denn nur der is ein Verehrer, der Einem was verehrt, und das muß man zu schätzen wissen.

* * *

Eine Entführung is ja nix, als ein G'spaß, den man macht, um seinen Angehörigen Ernst zu zeigen.

* * *

Gottlob, die Zeit is vorbei, wo das "Geheimer Rath" eine Auszeichnung war. Ein guter ehrlicher Rath darf jetzt nicht geheim sein, 's ganze Volk muß ihn hören können, sonst is Rath und Rathgeber keinen Groschen werth.

* * *

Ich hab' einen Ziegeldecker gekannt, der wie eine Katz herumg'stiegen is auf die höchsten Dächer, und beim Nachhausgeh'n is er fast täglich auf'm eb'nen Boden g'fall'n, — ich hab' einen öffentlichen Redner 'kennt, der hat sich z'Haus kein Wort zu sagen 'traut, — ich hab' einen Sesselträger 'kennt, der hat die dicksten Herrn getragen wie nix, und seine hagere Gattin war ihm unerträglich — mit einem Wort — das menschliche Talent is meistens nur in einer speciellen Richtung ausgebildet, und so is es auch möglich, daß Einer in der Liebe wahrhaft ist, während er in der Freundschaft Falscheres leistet, als ein kleiner Bub, der geignen lernt.

* * *

Käm' Euch das nicht lächerlich vor, wenn Einer einen Besenstiel über Quer haltet und zu einer Armee saget: "Bis hierher und nicht weiter!" Und weit lächerlicher ist es noch, wenn Einer mit morschen Ansichten sich der Zeit entgegenstemmt, dieser gewaltigsten Macht, die unaufhaltsam vorwärts schreitet und sich von dem Gefolge zahlloser Veränderungen auf ihrem Triumphzug durch die Welt begleiten laßt.

* * *

Vor dem Handelsstand kriegt man erst den wahren Respect, wenn man zwischen Handelsstand und Menschheit überhaupt eine Bilanz zieht. Schau'n wir auf'n Handelsstand, wie viel gibt's da Großhandlungen, und schau'n wir auf die Menschheit, wie wenig große Handlungen kommen da vor; schau'n wir auf'n Handelsstand, vorzüglich in der Stadt, diese Menge schöner Handlungen, und schau'n wir auf b'Menschheit, wie schütter sind da die wahrhaft schönen Handlungen ang'säet; schau'n wir auf'n Handelsstand, diese vielen Galanteriehandlungen, und schauen wir auf d'Menschheit, wie handeln's da oft ohne alle Galanterie, wie wird namentlich der zarte, gefühlvolle, auf Galanterie Anspruch machende Theil von dem gebildetseinsollenden, spornbegabten, zigarrenzuzelnden, roßstreichelnden, jagdhundkaschulirenden Theil so ganz ohne Galanterie behandelt! Jetzt, wenn man erst die Handlungen der Menschheit mit Gas beleuchten wollt', ich frag', wie viele menschliche Handlungen halten denn eine Beleuchtung aus, als wie eine Handlung am Stockimeisenplatz? Kurzum, man mag Vergleiche anstellen wie man will, der Handelsstand is was Erhabenes, wir haben einen hohen Standpunkt, wir von der Handlung, und ich glaub', blos wegen dieser schwindelnden Höhe fallen so Viel' von der Handlung.

* * *

Die Reaction ist ein Gespenst, aber Gespenster gibt es nur für die Furchtsamen.

* * *

Das Gefühl, es steht ein reicher Mann vor Dir, das ist der Resonanzboden, über welchen man die Saiten der Höflichkeit aufzieht. Kriegt dieser Resonanzboden durch einen tüchtigen Schlag einen Sprung, dann klingen die Saiten nicht mehr wie früher, sondern geben einen dumpfen, groben Ton.

* * *

„Mich bringt nichts mehr aus'm Gleichgewicht", das kann man nie behaupten. Das Leben ist keine

unbewohnte Insel, es gibt schlechte Menschen, die
es Einem bitter, unerträgliche Menschen, die es Einem
sauer, langweilige Menschen, die es Einem abgeschmackt
machen. Die absolute Ruhe (von der Sie träumen)
existirt nicht. Ueberhaupt gehört dies unter die Dinge,
die von selbst kommen müssen, die man am wenigsten
erzweckt, je mehr man darauf hinarbeitet. Aber sagen,
„von heut' an kann nichts mehr meine Ruhe stören",
das heißt gewissermaßen das Schicksal herausfordern,
und das ist ein Kampf, wo an keinen Sieg zu
denken ist, mit einem blauen Auge davon kommen,
ist da schon der höchste Gewinn.

* * *

Im Haus schmeckt einem der beste Trunk nicht.
Im Wirthshaus muß man sein, da ist das schlechteste
G'säuf ein haut goût.

* * *

Ja, die Liebe fragt nichts nach Georgi und Michaeli;
Luftschlösser sind ihre liebsten Häuser, ihr Grundbuch
ist das Herz, der Zins wird nur mit Küssen bezahlt.

* * *

Standeswahl bei einem Sprößling unterer
Stände heißt wohl nichts Anderes, als jetzt entschließ'
Dich, ob Du als Lehrjung von dieser oder jener
Zunft gebeutelt und maltraitirt werden willst. Diese
Eröffnung ist so reizend, daß — „es ist mir Alles
Eins" — die gewöhnliche Antwort d'rauf is.

* * *

Wir Männer haben zu viel Stolz in uns, das haben wir noch vom Thierreich beibehalten, da zeigt auch das stärkere Geschlecht, daß es die Oberhand — sprich ich, die Oberpfoten — hat, Hand darf man da nicht sagen; und ich find', es ist Ueberfluß, daß wir von den Thieren was nachmachen, wir sollen's lieber verheimlichen, daß wir zu die Säugethiere gehören. Wir unterscheiden uns wohl durch die Vernunft? — die is nicht allgemein genug, und wie Viele gibt's, die mit a Bisserl ein g'scheiten Pintsch sich gar nicht messen dürfen? Die Sprach' soll uns auch auszeichnen vor dem Thierreich, und Mancher zeigt grad' durch das, was er reb't, was er für ein Vieh is. Die Gesichtsbildung? von der will ich schon gar nichts sagen; denn seit der (Coliers-graecque) neuen Mod' is es erst recht verrathen word'n, daß unsere Voreltern in die Kokos- und Kaktus-Wälder von einem Baum zum andern g'hutscht sein. — Ich find' nur ein Hauptmerkmal der Menschheit und das is der Wadl. — In der ganzen Naturgeschichte gibt es kein Vieh, was ein'n Wadl hat; und wie is dieser Artikel gegenwärtig, namentlich bei unserm Geschlecht, herabgekommen. D'rum sag' ich: ehret die Frauen, denn da spricht sich noch die Menschheit in großartigen Formen aus.

* * *

Es gibt noch Viele, die ganz stolz den Selbstmord eine Feigheit nennen, — sie sollen's erst probiren, nachher sollen's reden.

* * *

Wozu tanzt der vernünftige junge Mann? — denn ein alter tanzt nicht, wenn er vernünftig ist. Tanzt also der junge Mann, um durch eine verrückte Herumhüpferei eine ordentliche Bewegung zu ersetzen? Gewiß nicht, denn das wäre unvernünftig; tanzt er, um Grazie zu zeigen? Gewiß nicht, denn wenn er Grazie hat, ist er kein Mann; dem Manne ist nur der Anstand placitirt; und den zu zeigen muß er bessere Gelegenheit finden, als eine Quadrille.

* * *

Es wird gewiß Niemand daran zweifeln, daß die Ballet=Tänzerinnen Frauenzimmer sind, und zwar comme il faut — aber zu der Idee sich hinaufzuschwingen, daß ein Ballet=Tänzer ein Mann ist, da gehört viel dazu. — Keine Absprünge! Also wozu tanzt der Vernünftige? — Er tanzt, weil Musik und Ballgeräusch vollkommen die stille Einsamkeit ersetzen, in der man unbelauschte Worte flüstert, weil in gewissen Walzer= und Quadrille=Momenten der strahlende Ball zur schattigen Laube wird, in der man an Wesen, welche Einsamkeit und Laube fliehen würden, die erste Annäherung riskiren kann.

* * *

Viele Weltverleumder sagen: „Die Welt thät's, aber es gibt zu viele durch und durch schlechte Menschen d'rauf." Das soll man nie behaupten, im Sommer schon gar nicht, denn der Schlechteste is nur schlechter Kerl, so weit er warm is, im Winter muß also doch hin und wieder ein honettes Fleckl an ihm sein. — Dann sag'ns wieder, die Weltverleumder, wenn's schön wär' auf der Welt, gäbet's nicht so viel Selbstmörder, die sich's Leben nehmen. Mein Gott, die paar machens nicht aus, es gibt weit mehr Selbstmörder, die sich's Leben nicht nehmen, die sich g'rad durch das umbringen, daß sie zu lang auf der Welt bleiben, um sich selbst zu überleben, das ist doch ein klarer Beweis, daß 's ihnen da g'fallt. — J laff' nix kommen über die Welt, wenn auch dann und wann was über mich kommt.

* * *

Der Zollstab gibt uns die wahrste Ansicht von Länge und Breite, von Größe überhaupt und wann man die einmal hat, da fallen Einem dann allerhand Mißverhältnisse auf — wie so Mancher so groß herauskommt, und wenn man ihn genau abmeßt, so klein is, daß man ihm gern noch was aufmesset. Wie Mancher ein Langes und Breites zusammenschreibt, und nur eine schmale Kost damit erwirbt — wie oft kleinwinzige Frauen mit langmächtigen Männern gar so kurz angebunden sind. Kurzum der Zollstab hat nur drei Schuh Länge, kann aber die Ideen sehr in's Weite führen. So ist es auch beim Winkelmaß, und man denkt dabei unwillkürlich an die vielen menschlichen Winkelzüge, die offenbar unter die Gattung der spitzen Winkel gehören — an die Aufenthaltsorte des Unglücks und der Armuth, die unter die stumpfen Winkel gehören.

Die schwierige Genauigkeit, die der rechte Winkel erfordert, mahnt uns d'ran, daß das Rechte überhaupt nicht leicht in Winkeln zu finden, eine Behauptung, die sich auch bis auf Winkel=Agenten, Winkel=Sensalen, Winkelschreiber 2c. 2c. ausdehnen ließ.

* * *

Wenn der Zufall nicht wär', wie viel gelinget denn in der Welt? Der Zufall ist die Muttermilch, an der sich jeder Plan vollsaugen muß, wenn er zum kräftigen Erfolg heranreifen soll.

* * *

Grundsätze sind enge Kleider, die Einen bei jeder freien Bewegung geniren.

* * *

Die Würze jeder Freude ist ja die Dosis Schadenfreude, die dabei in's Spiel kommt. Hab' ich ein Geld, so g'freut's mich, aber das Pikante daran is, daß Andere kein Geld haben. Hab' ich eine Equipage, so g'freut's mich, aber das Interessante dabei is, daß Andere zu Fuß gehen müssen; — hab' ich eine Geliebte oder ein Weib, so g'freut's mich, aber die Pointe is doch das, wenn mich Andere d'rum beneiden. D'rum eine Geliebte, die nicht einen Andern sitzen laßt wegen mir, so, daß sich der Andere halb todt kränkt, die könnt mich gar nicht glücklich machen.

* * *

Die Ehre ist die feine Wäsche, in welche sich die Seele des Gebildeten kleidet, d'rum muß so eine Ehre auch fleißig gewaschen werden; das geht aber nicht mit Wasser und Seife, nur mit dem Blute des Beleidigers wäscht man die Ehre ab.

* * *

Nicht auf'n Gegenstand, sondern auf das spielende Subject kommt es an, ob die Unterhaltung eine unschuldige is. Mein Vater hat in seiner Bubenzeit Scharfrichterskinder g'sehn, die haben sich a Schaffott-Brettl über a alte Folterbank g'legt und haben sich d'rauf gehutscht. So schuldlos wie diese Kinder, is auch wahrscheinlich Ihre Tochter und dann kann für sie auch ein Baron eine unschuldige Unterhaltung sein.

* * *

Ein altes Wohlgefallen is immer viel profitabler, als eine jugendliche Leidenschaft.

* * *

D'Leut wollen sich immer in b'Ruh setzen und wenn man sich hineinsetzt, das ist ja keine Ruh. Es gibt nur eine eigentliche Ruhe und in die muß man sich legen, da is vom Sitzen gar keine Red'. — Ich sag, der Mensch ist gar nicht zur Ruhe geboren, denn warum hätt' er sonst so einen Degout vor der ewigen Ruh? Mit der göttlichen Ruh is das gar a Spaß, da lamentiren b'Leut immer „O Gott! wenn ich nur vor Diesem oder Jenem a Ruh hätt'", und wenn's nachher Ruh' haben, nachher is ihnen erst nicht recht.

* * *

Aus der Urne des Schicksals werden die Lose des Menschen gezogen; wenn ich den Buben beuteln könnt', der mir das meinige gezogen hat, — ich thät's.

* * *

Drei Schriften gibt's, wo ein Messerschmied Millionär wurd', wenn er eine Radirklingen dafür erfinden könnt'. Die eine Schrift ist die; die Einem die Natur auf die Stirn geschrieben, die andere die, die Einem die Lieb in's Herz und die dritte, die man sich selber hinter die Ohren schreibt.

* * *

Zwischen einer heimlichen Liebschaft und einem Balbierer is grad das Verhältniß, als wie zwischen der Trüffel und dem Hund; wir wittern's und schnuppern's.

* * *

Michaeli! und ich hab kein' Zins! Werden denn die Hausherren nie von dieser drückenden Forderung abstehen? Ist das Bewußtsein, ein Hausherr zu sein, nicht genug? Muß man auch noch seine Mitmenschen mit dem Zins quälen? Wer sind sie denn, diese Tyrannen, daß wir ihnen zinsbar sein sollen? Wie leicht hätte die Schöpfung Menschen und Häuser erschaffen können, aber nein, sie erschafft lieber Parteien und Hausherren. — Muß das Jahr 365 Tage haben? Wär's nicht genug mit 363? Hinaus mit Georgi und Michaeli aus der Zeitrechnung; diese unchristlichen Tage gehören in keinen christlichen Kalender!

* * *

Ich sag's nur, weil ich grad davon rede — ein bischen schmeicheln, transeat — aber gar zu dick auftragen, das ist schon eine glatte Impertinenz mit einem gestickten Ueberzug. Der Teufel möchte reich sein, wenn man sich den ganzen Tag müßte hudeln lassen, lobgehudelt ist auch gehudelt — das ist ja abgeschmackter als der Spinatsaft.

* * *

Er heißt deswegen Stellwagen, weil er von der Stell nicht weiter kommt.

* * *

Was nützt die Solidität, wann's kein Mensch glaubt.

* * *

Processe sind die Blumen, die am üppigsten auf den Gräbern reicher Leute blühen.

* * *

Wenn der Zufall zwei Wölfe zusammenführt, fühlt gewiß Keiner die geringste Beklemmung über das, daß der Andere ein Wolf is; aber zwei Menschen können sich nie im Wald begegnen, ohne daß nicht jeder denkt, der Kerl könnt' ein Rauber sein.

* * *

Das Spioniren hat einen unwiderstehlichen Reiz. Es gewährt Einem alle Genüsse eines Diebes und man bleibt dabei ein ehrlicher Mann.

* * *

Wenn der Mensch dasteht, mit 17 Schulen im Leib, unzählige Wissenschaften im kleinen Finger, fünf lebendige Sprachen im Mund und einen todtschlächtigen Soliditätsgeist im Kopf, da kann er mit einiger Zuversicht erwarten, daß ihm das Schicksal ein sauberes Stückel Existenz auf'n Teller entgegen tragt; das ist keine Kunst; wenn man aber nix glernt hat und nirgends gut gethan, wann man dabei eine specielle Abneigung gegen die Arbeit und einen Universalhang zur Gaudée in sich tragt und dennoch die Idee nicht aufgibt, ein vermöglicher Kerl zu werd'n, darinnen liegt was Grandioses. Ich werde mich jetzt auf den Ehstand verlegen und dabei allen Anforderungen der Geschmacksverschiedenheit entsprechen; meine Auserwählte ist nämlich reich und dabei nicht ohne Liebenswürdigkeit: ich schließe also eine Vernunftheirat, eine Geldheirat und zugleich eine Heirat aus Inclination, weil ich eine ungeheure Inclination zum Geld hab'.

* * *

Mein Hab' und Gut für ein Taschenfeidl! Eine Million für a halbe Portion Gift!

* * *

Wenn ich nochmal auf d'Welt komm' — Alles — nur keinen Freund!

* * *

Er ist ein Scheinheiliger und das waren von jeher curiose Heilige. Die Maler können es nie verantworten, daß sie so viele wahre Heilige mit einem „Schein" auf die Bilder malen.

* * *

Wer mir in's Herz greift, den pack' ich beim G'nack!

* * *

Von diesseits nach jenseits is für schwärmerische Seelen nur ein Katzensprung.

* * *

Wie ich damals von einer Liebe, die ich nicht ausmärzen konnte, im April mich losgerissen, war meines Lebens Mai vorbei; aber nie hätt' ich mir gedacht, daß ich nach acht Jahren im Juni meine Juli mit einem August im Park belausch'.

* * *

Ein übergroßer Theil der Allgemeinheit ist zu gemein, um was Gemeines jemals zu vergessen.

* * *

Unter sein Bild schrieb Nestroy:

„Den größten Meister im Treffen gewöhnlich man
                     Jenen nennt,
Wo man die Getroffenen allsogleich erkennt,
Den größten Pfuscher im Treffen möcht' ich daher das
                     Schicksal nennen,
Denn die es trifft mit seiner schweren Hand,
Sind selten wieder zu erkennen."

* * *

Dem Director Carl:

  „Von München nach Wien
  Unternehmend zu zieh'n,
  Im Theater dann d'rin
  Durch zwanzig Jahr hin
  Leiten mit weisem Sinn,
  Und endlich abzieh'n,
  Mit reichem Gewinn,
  Das stünd' Manchem zu Sinn.
  Jetzt spielen's auch an der Wien,
  Aber 's is kein Mensch d'rin,
  Es zeigt sich kein Hoffnungsgrün.
  Da wird's klar mir im Sinn:
  Es steckt nicht an der Wien,
  Im Kopf muß's sein d'rin,
  Sonst wird man auch hin
  D'rauß an der Wien."

* * *

Dem Schauspieler Gämmerler:

„Das Bild, das ich Dir hier spendire,
Häng' hoch auf über Deine Thüre,
Auf daß es Dein Kämmerlein ziere,
Tapferster der bayrischen Ex-Kanoniere."

Nestroy's Vorlesung als „Hausquartier"

in der Burleske:

„Zwölf Mädchen in Uniform."

a) Die Schuld.

Liest: Die Schuld!

Spricht: Jetzt, das ist das lasciveste Büchel, was ich kenn' —

Liest: Scherta!

Spricht: O, das ist eine Abg'wichste, diese Scherta!

Liest: Hugo, fürcht' ich, ist nur der Abgott Eurer Sinnen!

Spricht: Spitzige Bemerkung das!

Liest: Ich lieb' ihn Seel' um Seele, wie man droben liebt in Licht.

Spricht: Wer's nicht glaubt, zahlt ein' Sechser.

Liest: Elvira: Wenn er seufzet und sich sehnet, wenn er sanft sich an mich lehnet; wenn sein Auge Küsse heischt. —

Spricht: Gehst denn no nit außi aus'n Antivi.

Liest: Elvira: Jungfrau, mög' Euch Gott behüten vor dem innerlichen Wüthen, das mich von und zu ihm zieht.

Spricht: Die reißt's curios hin und her — da mirkt man gleich die südliche Gluth — die tropischen Gefühle. Auf'n Schluß bin i neugierig. Das is immer das Interessanteste bei dö Büacheln.

Liest: Huscho (an ihrem Halse): Elvira! —
Hugo: Nur einen Finger durft' ich rühren, um Elviren heimzuführen.

Spricht: Ein kecker Zahnt das! Aha, da sein's schon beinand!

Liest: Elvira (an seinem Halse).

Spricht: Na ja, an welchem Halse soll's denn sein? Es ist ja kein anderer da.

Liest: O mein Huscho!
Huscho: Theures Weib!

Spricht: Hat ihn schon — gegenseitige Um= ärmlung.

Liest: Elvira: Muß es sein, Geliebter?
Hugo: Was?

Spricht (indem er aufsteht): Ah, ah! Jetzt foppt er's noch — das ist ein Viechkerl, dieser Huscho.

(Geht ab.)

---

b) Die Jungfrau von Orleans.

Spricht: Jetzt, das is eigentlich keine Komödie, sondern mehr dramatische Fabel. — Na ja — Man weiß nix G'wiss's — und jetzt kommt auch nix mehr auf — es is schon z'lang her — und die Nachbarschaft is schon alle todt.

Liest: König (zu Johanna): Mein sei die Sorge, Dich einem edlen Gatten zu vermählen.

Spricht: Curios, dieser König will par tout eine verheiratete Jungfrau von Orleans haben — na, das is halt so eine fixe Idee von ihm.

Liest: Agnes Sorel: Laß' uns weiblich erst das Weibliche bedenken.

Spricht: Jetzt, das nennt sie was Weibliches, wenn's ihr ein' Mann auffidisputiren — ah, das is nicht schlecht.

Liest: Johanna: Die reine Jungfrau nur kann es vollbringen, keinem Manne kann ich Gattin sein.

Spricht: O du Teufi, du — aber da mirkt man den Fanatismus des Alterthums — das nimmt man jetzt nicht mehr so genau.

Liest: Johanna: Die Stirne meines königlichen Herrn ist noch nicht gekrönt. —

Spricht: Na, das beweist, daß die Agnes Sorel eine ganz honette Person ist. — Ich bin nur neugierig, was das noch für ein Ende nimmt mit dieser d'Arkischen Jeannett'. (Blättert einigemale um.)

Liest dann weiter: Lionel.

Spricht: Aha, is schon da — derjenige welcher — Lionel — das is eigentlich englisch und heißt auf deutsch Leahnl. —

Liest: Nicht beide verlassen wir lebendig diesen Platz!

Spricht: Aha! — geht scharf d'rein, der edle Brite.

Liest: Johanna: Fliehe.
Lionel: Ha!
Johanna (mit abgewandtem Gesicht): Weh' mir!

Spricht: Aber g'rad die nämlichen Spomponaden wie heutzutag haben's schon g'habt — anno dazumal — wie noch der Aberglauben im Schwung war.

Liest: Dunois.

Spricht: Aha, da kommt schon der Viersitzige — will ich sagen der Batar von Orleans.

Liest: Was ist der Jungfrau? — sie erbleicht — sie sinkt!

Spricht (aufstehend): Aber hab' ich mir's nicht gleich denkt — so viele Engeländer und eine einschüchtige Jungfrau — die G'schicht muß ja ein' traurigen Ausgang nehmen.

(Geht ab.)

c) Hans Sachs.

Spricht: „Hans Sachs". Das ist das Stuck, wo ein Schuster Liebe fühlt.

Liest: Kunigunde: Schon drei Tage spricht der Vater von nichts als meinen Ehestandsfreuden.

Spricht: Brav, schöne Erziehung das —

Liest: Sachs: So manche Nacht hab' ich b'ran denkend durchgewacht.

Kunigunde: Das lob' ich mir.

Spricht: Na, reden sich recht gut miteinander — die zwei Leut'.

Liest: Sachs: Gleich morgen werd' ich sonder Bangen.
Zum Weibe Dich von ihm verlangen.

Spricht: Hast Recht, Schuster — schenier Dich nit.

Liest: Kunigunde: Leicht reizbar sind wir alle Zwei,
Was kommt am End' heraus dabei?

Spricht: Schwierige Berechnung. Da laß ich mich nicht ein d'rauf. Aber das kommt davon, wann man sich mit einem Schuster einlaßt.

d) **Der Sohn der Wildniß.**

Spricht: „Der Sohn der Wildniß". Das ist die verliebteste Komödie, die 's geben kann. — Das is das Stuck, wo die Parthenia den Ritter Ingomar die Wildniß abg'wöhnt und ihn nach und nach in die Cultur umizazelt.

Liest: **Parthenia**: Wie, Ihr werbt mit Gold um Eure Bräute? Uns führt den Gatten nur die Liebe zu.

Spricht: In dem Land sein die alten Herr'n g'froren — is kein Geschäft.

Liest: **Ingomar**: Wie kommt Liebe?

Spricht: Jetzt das soll sie ihm sagen? — O Du Wildling Du!

Liest: **Parthenia**: Die Mutter meint, die Liebe kommt als wie die Blumen.

Spricht: G'scheite Frau das — na ja — für eine alte Tectosagerin ist das Alles, was man verlangen kann.

Liest: **Ingomar**: Ich fass' es nicht.

Spricht: Ah, ah — das muß schon eine Art Trottel sein.

Liest: **Ingomar**: Was ist Liebe?

Spricht: Ah das is stark, jetzt weiß er's noch nit. —

Liest: **Parthenia**: Die Mutter sagt, es sei das süßeste von allen Dingen.

Spricht (aufstehend): Na jetzt, b' Alte muß 's wissen — mit der laß i mich in kein Disputat ein.

(Geht ab.)

e) Don Carlos.

Liest: Don Carlos, Infant von Spanien.

Spricht: Das ist eine spaniolische G'schicht, aber — auch etwas lasciv; aber das macht nix — dort hab'n sie's schon so. —

Liest: Eboli.

Spricht: Heißt eigentlich auf deutsch Everl, auf stockmadritisch heist's Eboli.

Liest: Eboli: Wie gut weiß Karl die Zimmer sich zu merken, wo Damen ohne Zeugen sind.

Spricht: Na, das is doch kein' Kunst, das triff ich auch.

Liest: Eboli: O Prinz, ich weiß was dieser Blick in diesem einsamen Cabinet bedeutet.

Spricht: Ah das is Eine — die Everl — die kennt sich aus.

(Blättert einigemal um.)

Spricht: Aha, da is er jetzt bei der Königin, der Infant.

Liest: Königin: O, könnt ich halb nur mein Euch nennen, Prinz!

Spricht: Das ist eine genügsame Person, diese Königin, sie wär' mit ein' halbeten Don Carlos zufrieden, — aha, jetzt kommt der Marquis Posinger dazu — ich glaub' es wird noch ein wildes End nehmen, diese gegenseitige Infanterie.

Liest: Königin: Wo Alles liebt, kann Carlos auch nicht hassen.

Spricht: Nein, diese ewige Courmacherei in dem Escurial — da geht's g'rad so zu wie dazumal

— in Paris — unter Louis quatorze — den Fünfzehnten. (Sieht in's Buch.) Uje, da hab'n wir's — jetzt kommt der Wauwau!

Liest: Philipp: Großinquisitor, ich habe das Meinige gethan — thun Sie jetzt das Ihrige!

Steht auf, spricht: Gute Nacht! — nein wie's in dem Madrid zugeht, das kommt Unsereins völlig spanisch vor.

(Geht ab.)

f) Griseldis.

Liest: „Griselbis."

Spricht: Das ist die Komödie, wo der Ritter Percival sich producirt, wie schön er seine Gattin maltraitiren kann.

Liest: Ginevra: Wie, ein Köhlerkind?

Spricht: Na, warum sollen denn die Kohlenbrenner keine Kinder haben, haben's doch die Kalkbauern a — das find't man jetzt allgemein am Land.

Liest: Percival: Was liegt daran, daß sie ein Köhler zeugte.

Spricht: Freilich, recht hat er — am Sonntag meint er — wenn's g'waschen is, is doch weiß.

Liest: Percival: Kein schöneres Weib sah je die Erde prangen.

Spricht: Ah das is Schad — zum sekiren hät's a Schiache auch g'than. Erste Marterei.

Liest: Percival: Du mußt den Knaben lassen!
Griseldis: Es ist mein Kind so wie Deines.

Spricht: Jetzt, zu was sagt sie ihm das? — das versteht sich ja von selbst — bei einer Griseldis gibt's doch da kein Zweifel. Zweite Marterei.

Liest: Percival: Du gibst das Kind.

Griseldis: Die Liebe gab es, Liebe gibt es hin.

Spricht: Schwärmerin, die Liebe gab es! O Du! —

Liest: Percival: Schmuck und anderes Ziergeräthe lässest Du zurück.

Spricht: Infamer Kerl! — er is im Stand, und versetzt ihr's. (Blättert weiter): Jetzt zum Schluß sagt er ihr ganz einfach, daß Alles nur wegen einer Wett g'schehen is, die er mit der Königin g'macht hat. — Sie aber bedankt sich für so a Pari und sagt:

Liest: „Nur um Liebe gibt sich Liebe hin."

Spricht und geht, und der Ritter von der Tafelrunde steht wie's Mandl beim Sterz. Sieh'st es, Percival, so geht's, wann man ein Flegel is.

(Ab.)

Sansquartier.

Blasius Rohr.

Knieriem.

Tratschmidl.